ALIQUANDBON,

TRAGÉDIE

EN UN DEMI-ACTE.

EPITRE DÉDICATOIRE

A M. J*** F*****, GRAND INQUISITEUR de la République des Lettres.

MONSIEUR

Si l'encens est le tribut des Dieux, si les respects sont celui des Rois, les Ouvrages de génie sont sans doute celui des Favoris des Muses, & à plus forte raison, de leur Grand Inquisiteur, du Juge suprême du Talent, du Génie, de l'Érudition, du Dispensateur général des réputations littéraires.

A 2

Permettez donc, Monsieur, qu'un foible Insecte du Parnasse ose élever sa voix jusqu'à son Maître; permettez qu'il apporte à vos pieds l'informe essai d'une verve naissante. Je sais combien ma Tragédie est inférieure à quelques-unes de ses Compagnes les Modernes; mais c'est un début. CLITANDRE *fut la premiere Tragédie du Grand* CORNEILLE *le Poëte du cœur, l'inimitable* RACINE *débuta par la* THÉBAÏDE. *On ne devient pas un L. H. en un jour:*

Nec licet omnibus adire Corinthum:

mais que m'importe? si vous daignez agréer & par conséquent prôner mon petit Labeur;

Sublimi feriam sidera vertice;

& quelque pitoyable que soit mon demi-Acte, il me comblera de gloire. Non moins judicieux que le GRAND ARISTARCHUS MASSO, *non moins érudit & plus éloquent sans comparaison, que le Docteur* CHRYSOSTOMÉ MATHANASIUS, *vous en ferez*

bientôt un Chef-d'œuvre ſupérieur à celui de l'INCONNU.

Dans vos heureuſes mains le cuivre devient or.

Ma célébrité dépend de vous, Monſieur; tirez-moi du néant, devenez créateur, (c'eſt le ſeul fleuron qui manque à votre couronne),

Et os meum annuntiabit laudem tuam;

Et je dirai partout, il faut trancher le mot,
J*** F***** eſt un Aigle, & V***** eſt un ſot.

NOMS DES PERSONNAGES.

ALIQUANDBON, Roi des Tragicomanes.

ARBAS, Confident d'Aliquandbon.

ANTIBISE, jeune Princeſſe deſtinée à Aliquandbon.

ZARAIDE, Confidente d'Antibiſe.

ZAROSCAS, Prince étranger, Amant d'Antibiſe.

Un Officier d'Aliquandbon.

La Scene eſt à Tragicopolis.

ALIQUANDBON, TRAGÉDIE.

SCENE PREMIERE.

ANTIBISE, ZARAIDE.

ANTIBISE.

Zaraïde, ſais-tu ce que m'a dit mon pere ?
Il veut que, renonçant à la douceur de plaire,
Je ſubiſſe, dit-il, un ſupplice trop doux,
Prenant Aliquandbon aujourd'hui pour Époux.

ZARAIDE.

Dieux ! eût-on jamais cru qu'une nouvelle flamme
Auroit pu s'allumer en une ſi belle ame ?
Zaroſcas ſut vous plaire, & loin de l'épouſer...

ANTIBISE.

Non, non, je l'aime trop, & je veux tout oſer.

ZARAIDE.

Daignerez-vous entendre un conſeil ſalutaire ?
Zaroſcas eſt bien jeune, il ſera téméraire ;
Et peut-être...

ANTIBISE.

Crois-tu que pour Aliquandbon

Je change en un ſeul jour, & d'humeur, & de ton?

ZARAÏDE.

Quoi! vous ſoupçonneriez ma ſageſſe & mon zele
De donner un conſeil?...

ANTIBISE.

Non, je te crois fidele;
Ne crains rien, Zaraïde, & s'il eſt mon Epoux,
S'il faut que l'un des deux cede...

ZARAIDE.

Sera-ce vous?

ANTIBISE.

Que tu me connois mal! rends moi plus de juſtice.
Mais, Arbas vient à nous; que tout ceci finiſſe.

SCENE II.

ARBAS, ANTIBISE.

ARBAS.

MADAME, ſans uſer des longs & froids détours,
Qui font d'un Député les trois quarts du diſcours,
Je viens en ce grand jour, aux pieds de votre Alteſſe,
Apporter humblement le tribut de tendreſſe
Du Grand Aliquandbon, Confident, non ſuſpect,
D'un Héros plein pour vous d'amour & de reſpect.
Or ce Héros preſſé par ſon amour extrême,
Seroit à vos genoux venu tomber lui-même,
N'étoit qu'en ce moment, dans le plus rude choc,
Il frappe à droite, à gauche, & de taille, & d'eſtoc,
Attaque, abbat, pourfend, décole, échigne, aſſomme
Général & Soldat, Goujat & Gentilhomme.
Tel d'un coup de ſa corne un fier Rhinoceros,

Égorge l'Éléphant dans les champs de Laos,
Où tel un Dogue Anglois... Pardonnez-moi, Princesse,
De tous les Confidens l'ordinaire foiblesse;
J'allois dans un récit vous peindre, comme un sot,
Un combat dont ma foi je ne sais pas un mot;
Car dès le premier choc j'abandonnai l'armée,
Pour venir de mon Prince annoncer l'arrivée.
Mais vous n'y perdrez rien, lui-même en ce moment,
Pour me tirer d'affaire arrive heureusement.

ANTIBISE.

Je vais me rendre, Arbas, où ma gloire m'appelle,
Je saurai dans son temps reconnoître ton zele.
Attends ici le Prince, & dis lui... Non, tais-toi,
C'est à lui de parler, & je répondrai, moi.

SCENE III.

ARBAS, ALIQUANDBON.

ARBAS, *seul.*

Le Prince n'est pas loin, & j'entends sa caleche.
(*Au Prince qui entre.*)
Antibise, Seigneur....

ALIQUANBON.

Avant que je me séche,
Écoute.

ARBAS.

Quoi, Seigneur, vous seriez-vous noyé?

ALIQUANDBON.

Non, non; mais mon vaisseau qui s'étoit devoyé,
Dans les bras de la mort qui voloit sur ma tête,
M'a fait presque tomber au fort de la tempête.

Je frémis, quand j'y pense... Hélas ! j'allois diner ;
Déja mes Courtisans... Mais je veux abreger ;
Je veux en te traçant cette lugubre image,
T'apprendre, en ce grand jour, ce que c'est qu'un naufrage.
La mer à nos regards offroit un front serein,
Zéphir, en se jouant, nous portoit sur son sein ;
Soudain l'Aquilon souffle, & l'onde courroucée,
Dans ses gouffres profonds engloutit ma pensée.
N'importe... Le Navire emporté dans les airs,
Semble voler au ciel au milieu des éclairs ;
Il retombe, & l'enfer vient offrir à ma vue
Pluton presqu'en chemise, & Proserpine nue :
Ses cris, à mon aspect, font reculer les flots ;
La Nayade s'enfuit, les pâles Matelots
Mouillés jusqu'aux talons, par la vague écumante,
Vont céder à l'effort de l'onde mugissante.
En ce moment affreux une grêle survient,
Les cables sont rompus, un mât seul nous soutient ;
Aux fureurs d'Aquilon la voile abandonnée
Se détache, s'envole, & l'onde mutinée,
Par un dernier effort, nous lance vers ces monts....
Où paissoient autrefois nos paisibles moutons.
Le Vaisseau fracassé tombe, & nous précipite
Vers un canot tout prêt à seconder ma fuite ;
Je me jette à la nage, & je viens en ce jour
Voir ma Princesse, Arbas, & couronner l'amour.

ARBAS.

J'admire avec transport cette invincible audace
Qui vous a fait des flots surmonter la surface ;
Cet étrange naufrage étoit digne de vous,
Et sans y rien comprendre, il nous surprendra tous.
Mais je vois la Princesse... elle vous voit sans doute ;
Je sors, & j'aurai soin que personne n'écoute.

SCENE IV.

ZARAIDE, ALIQUANDBON.

ANTIBISE, *à Zaraïde, dans le fond du Théatre.*

(à Aliquandbon.)
LAiſſe-moi, Zaraïde... Ah ! Prince, vous voici :
Parlons-nous ſans témoins, nous ſommes ſeuls ici.

ALIQUANDBON.

Madame, il eſt donc vrai que dans cette journée,
Où l'amour couronné des mains de l'Hymenée,
Pour prix de mes exploits, pour prix de vos vertus,
Réuniſſant.... Hélas ! vous ne m'écoutez plus.

ANTIBISE.

Seigneur, je vous écoute, & ſurtout il m'importe
D'apprendre en ce moment... Dieux ! on frappe à la porte,
Je vous l'avois bien dit, un noir preſſentiment,
Un ſonge.... Hélas ! Seigneur, dans quel fatal moment,
Sous quel auſpice affreux !.. Que dis-je, malheureuſe ?
Mon ame juſqu'ici fut toujours vertueuſe :
Falloit-il qu'en ces lieux.... Vous le dirai-je ? Hélas !

ALIQUANDBON.

Eh ! dites-le, Madame; auſſi bien Zaroſcas
Le dit déja partout.

ANTIBISE.

Que dit-il ? téméraire,
Acheve, ou crains l'effet de ma juſte colere :
Rien ne me retient plus, je cede à mes tranſports ;
Et dans l'inſtant... mais non, j'en dirois trop, je ſors.

SCENE V.

ALIQUANDBON, ARBAS, UN OFFICIER.

ALIQUANDBON.

De la Princeſſe, Arbas, entends-tu le langage ?
Mon cœur en a frémi : jamais un tel outrage,
Des rives de la Marne aux bords de l'Helleſpont,
D'un Prince tel que moi ne fit rougir le front.

ARBAS.

Prince, rappellez-vous la mémorable hiſtoire
Du grand Artabazan, qui mit toute ſa gloire
A faire.....

ALIQUANDBON.

Que fit-il ?

ARBAS.

Prince..... je n'en ſais rien.

ALIQUANDBON.

Parle, ou crains qu'à l'inſtant....

ARBAS.

Seigneur, il fit....

ALIQUANDBON.

Eh bien ?

ARBAS.

Pour atteindre au ſommet, Prince, il n'eſt qu'une route
Le grand Artabazan la connoiſſoit ſans doute :
Il fit ce que jamais on ne fit avant lui ;
Ce que vous euſſiez dû faire encore aujourd'hui ;
Ce qui peut ranimer une flamme expirante ;
Ce qui doit raſſurer une Beauté tremblante ;

Ce que dans les tranſports d'une fatale ardeur,
Un Héros......

ALIQUANDBON.

Je ne puis.

ARBAS.

Qu'entends-je ?

ALIQUANDBON.

Vois mon cœur.

ARBAS.

Votre cœur ?

ALIQUANDBON.

Soutiens-moi.

ARBAS.

Soutenez-vous vous-même,
Ou n'eſperez jamais qu'Antibiſe vous aime :
Redoutez ſes tranſports ; redoutez ſon courroux,
Ou plutôt à l'inſtant venez braver ſes coups.
Je la connois, Seigneur, & ſous un front timide
La Princeſſe recele un cœur fier, mais perfide ;
Et jamais on ne vit......

ALIQUANDBON.

Eſt-il vrai ?

ARBAS.

Je l'ai vu ;
Et ſans cela, Seigneur, l'aurois-je jamais ſçu ?
C'étoit dans une nuit obſcure & ténébreuſe ;
Zaroſcas lui diſoit.....

ALIQUANDBON.

Tu mourras, malheureuſe.

ARBAS.

Arrêtez.

ALIQUANDBON.

Laiſſe-moi.

ARBAS.

Que faites-vous, Seigneur ?
Elle n'est point coupable ; & dans votre fureur,
Vous voulez......

ALIQUANDBON.

L'immoler.

ARBAS.

Écoutez.

ALIQUANDBON.

Je m'égare.

ARBAS.

Vous avez tort, Seigneur. Zaroscas, ce barbare,
La saisit ; mais bientôt, rappellant ses esprits,
Antibise, en tombant, fait entendre ses cris :
J'y vole ; mais soudain la lumiere soufflée,
Ne me laisse plus voir qu'une épaisse fumée.

ALIQUANDBON.

Je vois son innocence, & te fais Amiral.
Fais saisir Zaroscas par mon grand Maréchal :
Qu'en ce jour un exemple à jamais mémorable.....

UN OFFICIER.

Seigneur, on a servi.

ALIQUANDBON, *laissant tomber sur Arbas un coup-d'œil de protection.*

Je vais me mettre à table.

SCENE VI.

ARBAS, *seul.*

ARBAS, es-tu content ? Les bienfaits de ton Roi
Remplissent-ils l'espoir d'un Sujet tel que toi ?
Fatale ambition, ton pouvoir tyrannique

Tient mes ſens aſſervis ſous ta main deſpotique;
Au faîte des grandeurs je monte en graviſſant;
La route en eſt pénible, & le ſommet gliſſant:
J'y touche; encore un pas, & je vais..... Témeraire!
Arrête, crains la foudre; un faux rayon t'éclaire;
Il te mene à la mort..... Mais je vois Zaroſcas;
Diſſimulons.

SCENE VII.

ZAROSCAS, ARBAS.

ZAROSCAS.

Ici je te cherchois, Arbas;
Éclaircis un ſoupçon. Parles, réponds? écoute;
Le moment eſt venu; je ſais tout; mais j'en doute:
Tes ſoins pour m'abuſer ſont ici ſuperflus;
Je me livre à mon ſort, & ne t'écoute plus.

ARBAS.

Je vais donc retourner où mon devoir m'appelle.

ZAROSCAS.

Il n'eſt plus tems, Arbas. Ah, tyran! ah, cruelle!
Tigre avide de ſang, tout le mien peut couler:
Mais je meurs trop content, ſi je puis t'immoler.
(En prenant la main à Arbas.)
Un ſonge, malgré moi, préſent à ma penſée,
Dans le fond de mon cœur tient ma vertu glacée.
Cette nuit le ſommeil, couronné de pavots,
Avoit plongé mes ſens dans un profond repos:
Du Dieu par qui tout vit, la main enchantereſſe
Dans mes bras aſſoupis enchaînoit ma Princeſſe:
Soudain un bruit affreux vient frapper mes eſprits,

D'une lugubre voix j'entends les ſombre cris ;
La voûte en retentit : A mes yeux ſe préſente
Une femme au teint pâle, & dont la main ſanglante
Agitoit...... Quelle horreur !...... Je ne puis achever......
Ah, monſtre ! dans ces lieux viens-tu pour me braver ?
D'un large coutelas ma main étoit armée.
Je frappe ; mais cette Ombre, à ma perte animée,
Pare le coup fatal, le fer vole en éclats ;
Un gouffre ſous mes pieds s'entr'ouvre avec fracas ;
J'en vois ſortir un Spectre affreux, épouventable ;
Je pouſſe, en reculant, un ſoupir effroyable ;
Je tombe à la renverſe, & plein d'un noir dépit....

(En s'abandonnant ſur la main d'Arbas.)

Arbas !..... Tout diſparoît, & je me trouve au lit.

ARBAS.

Banniſſez ces frayeurs : quoi, vous croyez aux ſonges ?
Un Ancien nous l'a dit ; ce ne ſont que menſonges :
J'ai moi-même, en dormant, livré mille combats ;
Et, comme on ſait, Seigneur, je hais ces embarras.

ZAROSCAS.

Eh ! ne crains pas non-plus que mon front en pâliſſe ;
Du lâche Aliquandbon je connois l'artifice :
Mais que, ſans coup férir, il ne prétende pas
Enlever Antibiſe au Prince Zaroſcas :
C'eſt le fer à la main que, plein de ma tendreſſe,
Je veux lui diſputer le cœur de ma Princeſſe ;
Je ne ſouffrirai pas qu'au mépris de mon feu,
Du pere d'Antibiſe il ait ſurpris l'aveu.
Il oſa vous manquer, Princeſſe ; je vous jure
Dans ſon indigne ſang de laver votre injure :
J'en jure mon amour, j'en jure vos appas ;
Aliquandbon mourra des mains de Zaroſcas.

ARBAS.

Seigneur, écoutez moins une aveugle colere ;

Le Prince n'eſt pas loin, & votre œil témeraire
Le reverra bien-tôt ; il eſt allé dîner.

ZAROSCAS.

C'en eſt aſſez, Arbas, & je cours me venger.

ARBAS.

Ah, Prince ! où courez-vous ? votre perte eſt certaine :
Mais il eſt déja loin ; en vain je perds haleine
A vouloir rappeller ce jeune audacieux ;
Hélas ! en ce moment ils ſont aux mains tous deux :
Déja d'Aliquandbon la redoutable épée
Atteint le jeune Prince ; & dans ſon flanc plongée....
Juſte ciel ! écartons ce funeſte tableau ;
Étonnons le Public par un trait plus nouveau :
Le Parterre, occupé d'une Scene ſanglante,
Tremble pour un Héros qui venge ſon amante.
Laiſſons la Scene vuide en cet affreux moment,
Et ſauvons-lui du moins l'horreur du dénoûment.

VARIANTES,

En faveur des Perſonnes qui aiment les Dénouemens.

ALIQUANDBON *entrant précipitamment & rencontrant Aibas.*

C'EN eſt fait; ſous mes coups le traître a rendu l'ame;
Dans ſon coupable ſang j'ai ſu noyer ſa flamme :
Jamais triomphe, Aibas, n'eut pour moi tant d'appas...
Je ne ſais point haïr au-delà du trépas.
Dans la nuit du tombeau ſi je l'ai fait deſcendre,
Ne le redoutant plus, je pardonne à ſa cendre.
Va; rends-lui les honneurs qui ſont dûs à ſon rang.

SCENE VIII.

ZARAIDE, ALIQUANDBON.

ZARAIDE.

PRINCE, qu'avez-vous fait? Connoiſſez-vous le ſang
Que dans votre fureur.

ALIQUANDBON.

C'eſt l'amant d'Antibiſe,

Dont j'ai puni l'orgueil.

ZARAIDE.

Déplorable méprise!
Vous ne vîtes en lui qu'un odieux rival;
Il étoit votre fils.

ALIQUANDBON.

Lui, mon fils!

ZARAIDE.

Coup fatal!
J'ai pénétré, Seigneur, cet horrible mystere:
Zaroscas, en mourant, vient de nommer sa mere;
Melizonde, l'objet d'un trop funeste amour,
Est celle dont ce Prince avoit reçu le jour.
Il tomba sous les coups de ce bras redoutable:
Hélas! en vous bravant il devint trop coupable;
Le Ciel l'en a puni.

ALIQUANDBON.

Je suis saisi d'horreur:
Zaroscas! Ah, mon fils! je t'ai percé le cœur.
O Mort! tu fais servir mon bras au parricide!
Terre, pour m'engloutir, ouvre ton sein avide:
Tigres, dans vos fureurs moins barbares que moi,
Mon infernal aspect vous fait mugir d'effroi.
Quoi! le Ciel, les Enfers; quoi! la Nature entiere
A vu ce crime horrible, & je vois la lumiere!
Zaroscas, triste fruit d'un délire amoureux,
J'avois trahi l'Amour, il nous punit tous deux.
Ta mere, par des pleurs célébrant ta naissance,
Sous le joug de la honte éleva ton enfance,
J'osai l'abandonner.... Je te rejoins.... Mourons...
Arbas ne revient point... Prévenons-le... Frappons....

(Tendrement.)
Je crois toujours le voir..... il s'élance, il m'arrête....
Cedons à ſa douleur, qui tremble pour ma tête :
Je vivrai. Je voudrois, dans mon dépit cruel,
Pour gémir plus longtems, devenir immortel.

FIN.

www.ingramcontent.com/pod-product-compliance
Ingram Content Group UK Ltd.
Pitfield, Milton Keynes, MK11 3LW, UK
UKHW021040200726
13857UKWH00005B/1841